Olho
de boi

GIOVANNA
SOALHEIRO
PINHEIRO

Olho
de boi

Copyright © 2023 Giovanna Soalheiro Pinheiro
Olho de boi © Editora Reformatório

Editor:
Marcelo Nocelli

Revisão:
Natália Souza
Marcelo Nocelli

Imagens da capa:
Por photograph by JoJan – File: Lascaux 012.jpg, CC BY 4.0, https://commons.wikimedia.org/w/index.php?curid=124426738

Design e editoração eletrônica:
Karina Tenório

Dados Internacionais de Catalogação na Publicação (CIP)
Bibliotecária Juliana Farias Motta CRB7/5880

Pinheiro, Giovanna Soalheiro
   Olho de boi / Giovanna Soalheiro Pinheiro. – São Paulo: Reformatório, 2023.
   96 p.: 14x21cm

   ISBN: 978-65-88091-91-3

   1. Poesia brasileira. II. Título.

P654o   CDD B869.1

Índice para catálogo sistemático:
1. Poesia brasileira

Todos os direitos desta edição reservados à:

EDITORA REFORMATÓRIO
www.reformatorio.com.br

Aos "bois" que *aqui* ressoam: *aboios*

Coisas viajam imóveis.
Linguagem que lhes impomos
é exílio, circo além
do que se oferece mínimo.
Eternas as coisas inominadas.
Fotos certidões endereços
são tentativas de duração.
Recursos contra os deuses
nomeados eternos.

Edimilson de Almeida Pereira

Sumário

ANIMALIA VEGETABILIA, 10
Amarelas Vermelhas Azuis, 11
Orides, 13
Olho de boi, 15
Vista de cima, 17
Tauromaquia, 19
Memória, pasto, 21
Da família Araceae, 23
Pólen, 25
Mucunã, 27
Bestiário, 28
M(c)orte, 30
Uma ideia de planta, 31
Outras formas de ser fêmea, 33
Boi morto, 35
Um gato vê o mar, 36
O bicho e o poema, 38
Um sonho para Drummond, 39

LINGUAGEM MUNDO, 41
Leitura, 43
Paisagem brasileira, 45
Um homem e uma pedra, 47
Movimento, 49

O gesto móvel da *coisa*, 50
Era noite era São João, 52
Ceci n'est pas une image, 53
Breve notícia do escuro, 55
Um corpo desfaz-se em ilha, 57
Ausência, 58
Lento, ele passa, 60
Hiroshima não se esquece, 61
Uma canção folclórica, 64
Uma ideia de poesia, 65
Um sonho para Portinari, 66
O vermelho, 68
Teu nome, meu corte, 69
Nada a dizer, 70
Rosto suspenso na parede, 71
(Re) abrir a casa, 73
Usurpação das ilhas, 75
Fotogramas, 76
Apesar de, 79
Só a bailarina dança?, 80
Portinariana, 82
O amor é um tomate vermelho, 83
Cinemateca, 84
Herança, 85
Memória, som, 86
Memória, fruta, 87
Memória, desenho, 88
Fim de ciclo, 89
Étoile filante, 90
Retrato do corpo enquanto parte, 91

Sobre as citações diretas, 93

ANIMALIA
VEGETABILIA

Amarelas Vermelhas Azuis

Avistávamos   da janela
Flores e folhas no desenho retangular da varanda

Guardavam elas os segredos da casa (as dobras)
Que nenhum abrir de ferrolho conseguiu mostrar

— Os detalhes os gestos duros do senhor
Que acordava às 4 horas para fazer pastar os bois —

As flores abriam e fechavam ciclos (o espiral)
No gesto da terminação   na murchidez das lâminas
Eu imaginava algumas delas

        Begônia cruz de ferro
        Begônia cerosa
        Begônia venosa
        Begônia metálica

Cada tom e o gesto de conter tradições
Cada flor e a escolha pelo silêncio

Ali os rastros de um ritmo torto nas estruturas
Concretas que tudo suportavam

O sangue do açoite na parede
— Uma história visual da violência

O açoite e as cerdas de aço
— Uma história corporal da violência

O grito riscado no quarto
— Uma história oral da violência

Elas sabiam de tudo (de tudo) e narravam
Na defloração   a dor de estarem ali

Orides

A mão se aduba
como a paisagem

cultivo
tramando a busca
das formas de riso
que restam

escrever então água

líquido bioma
memória em risco

escrever então água

espelho de narciso
ele mesmo resíduo

escrever então água

afluxo de um rio
rito aos que passam

escrever então água

tempo moça cântaro
gesto essencial

(Rebeca)

: *dar água*

Olho de boi

Um corpo robusto
no centro da mira

    (ali
        i-
           móvel)

boi branco já sabe
que o dia é de sorte

Ela vê primeiro

        vê casa vê pasto
        memória boi branco

O boi vê depois

        comerciante dono
        faca carneador?

como olho de gente
olho de boi sabe
o que sente

Quem vê por último
é o homem

        boi branco paisagem
        destino corte?

Aqui
a sina do boi
é outra

        Tarsila
        vê primeiro

Vista de cima

A partir de uma fotografia de Ricardo Stuckert

Folhas
são órgãos
que captam luz
pela lente objetiva
          do olho

O que vemos
além de folhas
são formas de extração
         três

Da primeira
recolhe-se a origem
         setas
           corpos
              seivas
                  cipós
Da segunda   encolhe-se a cena
pele em tela
               espanto
         assombro

    ombro
torção

Da terceira
escolhe-se o contato
o vestígio

o gesto na mão
a recolha do olho (câmara
clara) mediada ação

  luz
  plano

  lance à vegetação

Tauromaquia

    Escrita
    gesto tauromáquico de escuta
    para quem?

Cabeça de touro
animal em cena

        chifres
        flanelas
        estaqueador

Na arena
confinam-se
contornos e couraças

        volteios
        vermelhos
        toureiro fera

No espaço interdito
entre bicho e espelho
o homem

        outra voz
        evocando
        clemência?

Tourear
método de abolir

— *mais que esporte* —

como sugere
Michel Leiris

Tourear
método de domar
a morte pelo espelho

Memória, pasto

> *De sonhar alfombra*
> *coalho na sombra a ter tempo*
> *de ruminar pensamento*
> **Olga Savary**

De um dia
há muito passado
relembrar a fuga do boi

No pasto
vaqueiros dissecam
o espaço aramado

Um deles pergunta

para onde foi
se não há saída?

Já o outro
    procura
        procura

O boi astuto
bem longe da cerca

rumina pensamento
: há
desejo grande
no corpo do boi

Da família Araceae

a Eliane Marques

Tempestade verde
    vaza no vazio   do espaço
    folha torta   caída   vasta (solapada da cor
    que a veste) amarela na exasperação

Pontos brancos
        inumanos
          isolados   retiram-na da cena
espécie de *mise en abyme*   que aos olhos forma

estrutura
sutura
litura à mostra

O plantificar fluido das lâminas
            anúncio da queda
            anúncio da perda

        inclina à esquerda
            ruína ao destro
Como reduzir a fúria?

        áspera

como pensamento cavado
no abismo da linguagem

a folha cai

a vida
se esgarça

Pólen

Abelhas
organizam
a vida natural

Observe
por exemplo
uma comunidade
desses artrópodes

A)

Abelhas
comunicam-se
quando dançam

B)

Abelhas idosas
ensinam às mais jovens
o ofício do mel

E)

Abelhas
agrupam-se em colmeias
no inverno

L)

Abelhas
produzem
o próprio alimento

H)

Abelhas operárias
visitam várias flores
em um só dia

A)

Abelhas
atacam
sob ameaça

S)

Abelhas
têm ciclo
cicardiano

Abelhas
serão extintas
em breve

como nós, humanos

Mucunã

Trepadeira lenhosa
amuleto da sorte

Espanta
mau olhado
reza o ditado

Animal ou planta?

Gesto hábil
de criar semelhança

Nomeação?

linguagem

Bestiário

Vacas
dão saltinhos
quando ficam eufóricas

Búfalos
são tão perigosos
quanto leões

Camelos
não possuem
reservas nas corcovas

Cabras
não importa o sexo
têm cornos e barbichas

Porcos
adoram se divertir
com bolas e brinquedos

Ovelhas
são dóceis
mas podem se deprimir

Lhamas
cospem
em seu desgosto

Hipopótamos
são parentes
de baleias

Girafas
podem ser
extintas em breve

como nós, humanos

M(c)orte

Dobras, áporos?
       porosidade   pele áspera
      espera   (espera?)   pela morte

Nascem aqui rumores   ruídos   resíduos
    a vigília assistida no medo
                 entre fugas e outras matérias
Pontos de escuta?
       poros abertos) jaula (o terror e a recusa

Vermelha ainda é a carne   morta
   acidez no copo   corpo partido   hino à mesa posta

Ruínas & lascas
sustentadas na boca dos que escapam

          V O R A C I D A D E

        Voz, vísceras (volteios de parcas) escapam?
talha carne fina fumaça feita de foice morte & carcaça

Uma ideia de planta

Goethe nos ensina
sobre a metamorfose
das plantas (ou seria
dos corpos?)

— a flor simples
tantas vezes
altera-se numa
flor duplicada —
tal qual a vida se duplica em constância

ritual de passagem à inflorescência.

Contrariamente
às plantas de Goethe
confundimos os processos
não vemos a transmutação ou vemos?
como se dela nos ausentássemos por um tempo
ou como se qualquer sistema de ramificação
terminasse em topo.

Plantas
quando crescem, também ensinam
e ensinam porque sabem olhar

nós humanos, porém, não olhamos os seus nós
e, por isso, não compartimos, não aprendemos.

É preciso então tomar de posse
uma ideia de planta, cultivá-la desde a semente até os
frutos para com ela aprender a formar
demoradamente
— sendo meta, sendo forma.

Outras formas de ser fêmea

mais ou menos que um livro
isto é um êxodo
de uma tal condição
humana
Marília Floôr Kosby

ordenhadeiras
ordenham
vacas leiteiras

ao longe
ouve-se
o mugido de vacas

muuuuuuuuuuuuuuuuuuuuuuuu
muuuuuuuuuuuuuuuuuu
muuuuuuu

animais
herbívoros
diga-se de passagem

vacas leiteiras
não consomem
bocados de gente

embora
forneçam carnes & leites
para os sensíveis humanos

a vitela
outro *fruto*
de vacas leiteiras

alimenta
famílias
brasileiras
                (as de
                        bolsoraro)

enriquece
famílias
brasileiras
                (as de
                        bolsoraro)
vacas leiteiras
vivem seis anos
já seus bezerros
— os vitelos —
apenas um

Boi morto

Um corpo
na capa caído
no chão

O que resta?
carniça, carcaça
ossada

Carcará ataca
na seca, no Agreste
de rios provisórios

Carcará caça

homem

mata, come.

Um gato vê o mar

    A tarde cai
o sol
o dia

    Harmonia
o gato
da vizinha

insinua
    o mar

o branco
    das ondas

o calmo
    o arredio

o avesso
    no dizer

ora pelo
ora pano   (pleno)

deitado
na varanda

ele dança
    ele mia

enquanto
    observa (com seu
gingado de rabo)
    o mar do Rio

O bicho e o poema

Como se ourives fosse
       em seu percurso de ouro
um ouriço sozinho traça
       um caminho (*eriça-se*) : redondo destino
feito de bicho pedra espinho

       Esconde-se
       uma raposa a golpeá-lo
            desenrosca-se espinhento

            rola passa
              — treme ainda —
                aponta a ponta
                pausa troça

            até que se encurva
            ao avistar sob a loca
            uma *hermética ouriça*

            matéria cabralina, meta
            amarela: ouro do poeta

                    flecha

Um sonho para Drummond

Como se o dia acordasse dentro de um sonho
veio ele
voando
vagando
e assentou sobre mim

— o boi —

imponente
seu corpo em cifras indecifráveis
sete asas em nenhum outro encontradas   (azul apenas)

— ele, o boi —

no gesto móvel a rodar
caminhava
corria
assombrava

onde meu medo de boi?

tranquilo antes, austero depois
aqui talhado em trapo quente

— boi, boi, boi

o aceno sobre o mundo
o gesto de olhar travado   meditativo talvez

a pele em pelos finos   curtida   curada
as escaras incontáveis

— boi, boi, boi

o seu olhar sobre os homens
como foi?
como teria sido?
o que sabemos nós?

*LINGUAGEM
MUNDO*

Leitura

Aprendi
com Caeiro
a guardar o rebanho

Com ele assim
desaprendi a olhar?

Não
pois penso
quando olho

Embora
parecesse
negar o gesto
Caeiro pensava?

Sim
porque olhava
atentamente

Na forma
a imagem expande
o escrito

Um pensar
aldeia insiste
ali onde o olho
navalha

como quem vê
como quem sente

Paisagem brasileira

Mais quentes
as cores da tela?

Um morro, não como
outros, ou como
este da favela.
A artista projeta-o
depois da *Semana* (1924).

No núcleo, vê-se
um casal, plantas, crianças
casas – *un chien au caramel*
à margem, ao centro?
Sabe-se bem a origem
— Cais do Valongo
como os outros.

Aos olhos
imagem, figuração
disfarce, para alguns
método à maneira idílica?

Uma cena do país, entre as mesmas
tantas.

Morro da Favela
entretanto entretanto
morro, como os tantos.

Um homem e uma pedra

Lá fora, ar cinza
como cinzas as pedras em contemplação
um elevado inteiro, suas formas

    curvas arcos
    pernas olhos
    os que pisam pequenos o chão

O gesto primeiro
— sólido visível —
há quem se iluda com a estrutura

    (390 m de extensão, 13 de largura e 14 de altura)

Um dia qualquer, lê-se no jornal

o engenheiro muito se envaidece do arquivo tramado
monumento, como cobiçam os olhos da cidade

Habitar a pedra
outra lição, porém

não a da pedra pela pedra   (aqui também nada se ensina)
mas a da história sem *fundação*

    para cada pedra que dorme
    um corpo
    para cada corpo que incide
    uma pedra

confundem-se os dois
pensa o observador

    não se sabe se pedra, se corpo
    não se sabe se sente, se cai

O que vemos?
Um elevado inteiro, sua forma

    um corpo-pedra que não vemos

                      JAMAIS

Movimento

Como Lóris
insistente e calma
         ela se move
nas formas do silêncio

   (calma calma)

Na língua
uma precisa pausa
escapa espaça

Então na folha
antes branca
desenha-se

   esfera
   cálida
   — brilho e
   sigilo — (O. F)

redonda linguagem
contida no olho

O gesto móvel da *coisa*

O olhar que não se nota
na *coisa*

não este para o qual se olha
o olho — o nosso

mas o outro
da *coisa* que nos olha

(o vermelho da cômoda ao lado
as gavetas cerradas

vincos quadros ângulos o puxador centralizado   à frente)

Sobre ela
plantas rumores chaves
que escondem uma história qualquer

Não é este o olhar da *coisa*
— o da superfície   o do toque

Não é este o compósito
— o real   a urgência de dizer

O olhar da *coisa* olha
como alguém atento
ao gesto de olhar a *coisa*

A cômoda que vemos (a *coisa*
em si) compõe

                entre suas frestas

sua própria definição
sua própria montagem

Era noite era São João

Era noite
São João à vista avisando
que a vida ebulia

estrondos de bomba — Bandeira
bandeiras tudo a se fazer

acender as fogueiras
coser de novo aquele mesmo
vestido bordado — o de sempre

Damião bem sabia iluminar as coisas
cortar a lâmina o fio a trama
tecer o tempo em tempo de acontecer

era Maria porém quem ditava o tom
ria fazia cozia e desfazia
(roçava a terra rocava também)

tudo a contento da noite do quentão
tudo a contento das meninas que surgiam

como deslembrar o dia em que tudo acendia?
o gesto bulboso das mãos o encontro o refrão

Era noite era São João

Ceci n'est pas une image

    Movem-se tons
preto vermelho branco

    Anjo anúncio-ruína
aparição

    O que vemos
à frente?

    Fina extração
de uma pele fina
    figuração

    Em branco
a face se move
    na tela

    (imanência
das curvas

    permanência
das formas)

    A trombeta
que rasura a fuga

    O sonho
externa-se ao sono
    o sopro

    O olhar
meditativo do outro
    imagina

    Qual urgência
para uma espécie?

    Figurar o gesto
de um corpo

    outro modo
de usar a língua

    pesado demais
atento demais
    severo demais

Breve notícia do escuro

Olho de vulcão
passeio pela cidade
meus abismos
Paulo Colina

O
olhar
lá fora

(sombra)

Com ela
caminhei
no assombro

no soçobro
de uma excitação

    (eu

Sem lucidez
eu a seguia

nas paragens
na aragem
na extração
da razoável viagem

    e ela

As vias
avistavam
o que eu via

    (J. C. S)

o corpo o breu
olhos de sonho
olhando abertos
a noite estranha

    na via

O que havia recolho
outros olhos, outro
escolho

    vazia)

Um corpo desfaz-se em ilha

um corpo sem meios
no sono de alguma ilha

                    T   E   C   E

      (D   E   S   )

                    T   E   C   E

      (R   E   )

                    T   E   C   E

         um sudário

um nome só
não supera só

(

    A AUSÊNCIA QUE O ESPERA

) Penélope é toda aquela ILHA

Ausência

Re-
visitar seu corpo
como se nele ainda
estivesse

    Estou?

Re-
visitar as flores
do seu corpo
no jardim

Ali
apreendi o amor
quando vi você cair

Em suas
lentes partidas

a espera da forma
que não se vê mais

a espera do corpo
que não se vê mais

Preso
em seu rosto
restou a cicatriz
o rastro do jardim

(a queda)

seu gesto
de não estar
mais

Lento, ele passa

Eis a lição
não basta que os olhos
enunciem

(é preciso ainda solidão)

Portanto
tudo aqui
como antes

a fruta corrompida
sobre o tronco

o sono à espera do homem
áspero, frio

,

como a última palavra
antes da ida

(não me demoro
querida)

Tudo aqui
como antes
exceto um exílio ainda

Hiroshima não se esquece

1

*Não posso mais me lembrar
da porta do fundo do jardim.
Ele me esperava ali, horas, às vezes.
Sobretudo à noite. A cada vez que um
instante de liberdade me era dado. Ele tinha medo.
Eu tinha medo.*

2

Vê-se
a coisa feita
ou talvez refeita
no conceito da tela

Memória
do soldado em guerra

Memória
da mulher em guerra

Linguagem
na fratura do trauma

(...)

Hiroshima
não se esquece
meu amor

como você
desejei esquecer

falhei
ao lembrar

(...)

ele
estava frio

eu
estava fria

como
o corpo ao lado

meus cabelos
cortados

como
o corpo ao lado

(...)

Hiroshima
não se esquece
nem ao menos o amor
ali onde *eu vi tudo. Tudo*

Uma canção folclórica

As crianças sonham
sonham sonhos estranhos
como quem chega à lua
conduzido pelo vento
— um país, mestra Virgínia.

Os adultos sonham
sonham sonhos de crianças
como quem observa a terra da lua
— uma imagem, mestra Virgínia.

Ela quando sonhou
sonhou também que descia
tornava à terra na cauda do corisco
ele mesmo sua manta vermelha
tingida de sede de rebeldia.

Uma ideia de poesia

É possível passar uma vida inteira
na barriga de uma baleia

É possível passar uma vida inteira
na barriga de uma baleia e voltar

É possível passar uma vida inteira
na barriga de uma baleia, voltar e narrar

É possível passar uma vida inteira
na barriga de uma baleia, voltar e narrar

uma história. É possível passar uma vida inteira
na barriga de uma baleia, voltar e narrar uma

história verdadeira. É possível passar uma vida
inteira na barriga de uma baleia gigante quando

se está dentro de um navio engolido por uma
baleia gigante na *ilha dos bem-aventurados*

Eis aqui uma ideia de poesia

Um sonho para Portinari

um menino
vestido de branco
montado a cavalo

voltei
atravessei a noite
sentei-me diante dele

havia uma porta
um homem no chão
as cordas na mão

seja lá onde for
uma aldeia branca
no fundo da rua
habitava meu sonho

passagens
amontoavam-se
como de costume
um olhar lançava-se ali

via gestos dispersas luzes o fio
um branco horizontal a figura escura
um real anfíbio curvado ao frio

  O branco
O branco
  O branco

(todos dormiam)

  O menino
O cavalo
  O homem

porém
no outro canto da via
um sonho acendia

O vermelho

ao redor
da minha mesa
sentam-se os filhos
que não tive

um deles
invoca amor
dos seios caídos
sem gota ou alimento

o outro
escorreu vermelho
no ralo do banheiro
junto à mãe que não fui

um corpo fechado
num punho cerrado
encerra outra ambição

— anticorpo —

sucumbe
à própria seiva (corte)
em rejeição

Teu nome, meu corte

Tua boca de onça vermelha
Tua carne de gelo de corte

Tua cama forrada de tempo
Tua escama de peixe forjada

Teu corpo contém meu segredo
Teu vício cerrando meu medo

Teu pasto aqui me faz pausa
Teu espaço então meu regaço

Tua boca terá minha essência
Tua carne será minha foice

Tua cama ausência de noite
Tua pele o fim do começo

Em ti o que houver de fachada
Abrirá minha audácia suspensa

Nada a dizer

A cidade inunda-se
na vertigem de rumores
extremo em sua fonte
um assombro insiste

Ruídos sirenes
ritos passagens
mapas temores
trajetos irrespiráveis

Selvagem exibição
de uma zona tresloucada
ouvindo-nos dizer

: não há oxigênio, não ar

Quantos deles
sepultamos nesta noite?

— nada resta a dizer

Rosto suspenso na parede

> CAIS CINZA *de onde a isca de neve cai*
> *O dia declina em sua coincidência*
> *O homem e a mulher trocam-se rostos*
> *O vinho é lento sobre a pintura*
> (...) **Michel Deguy**

O dia cai
na linha do cais. Cai.
A imagem cai. O olho cai.

Na parede da sala
um rosto bordado
tecendo outro rosto

— pele castanha
lábios vermelhos
turbante de lã —

um rosto tramado
urdindo o tecido

um rosto ovalado
talvez um retrato

feito
de linhas suspensas
em quadrado.

(Re) abrir a casa

as folhas
apartam-se
da copa

(sabe-se bem
o que soa agora)

homens
partiram

espólios
também

dobra
sobre a casa
outra pele agora
como se fosse folha

mulheres
habitam
memórias

um tempo
repouso

— terreno
arenoso —

no corpo
do agora

Mulheres tigrinas
saltam, esteiam
a casa agora

Usurpação das ilhas

    Iam
    — de cabo
    em cabo —

      usurpando Baías
nomes, memórias
    figuras da margem.

Costas e ilhas
    tomadas, como sendo
inventadas, à usura dos reis

    que

de violência
    forjaram
eucaristias, mitologias,
    oceanos de corpos.

Nomear
    ESTA ilha,

Sophia,
    não
    é criação.

Fotogramas

1

A menina
corre
em direção
ao outro

2

Um empuxo
expõe-se

3

De repente
a menina cai

: dobram-lhe
as pernas

4

A menina
chega à fonte

: avista a fuga

5

Surge-lhe
um vermelho
à face

6

A menina
sente

: opacidade
à vista

7

Não vê
a partida

Não vê
a chegada

8

Passam-se
os anos

: ela sente

9

Chega
o telefone

: ela (re) sente

10

Memória

: aquela esquina
nos olhos da menina
como se agora fosse

Apesar de

Sob a rotura
no mobiliário antigo. Sob

a luz da lamparina antiga
uma mulher persegue
outro modo de estar.

A fenda se expande. Surgem
matérias, arquivos

indicando-lhe que
embora atravesse, o tempo
segue seu rumo particular.

Será então possível
decompor tempo, memória
nessa litura mobiliar?

Seja como for
a mulher repousa

sob o peso
de um dia antigo
mínimo

apesar de chegar.

Só a bailarina dança?

Na dança
de roda
      rodava
      a saia

           da
           menina
Muitas
histórias
      corpo
      pequeno

           ainda
           ainda
Sonho
de uma

      sonho
      de tantas

           ser
           bailarina
No entanto
no entanto

        um sonho
        esvaído

                um peso
                nos ombros
da menina
não mais   M E N I N A

        que queria
        ser bailarina

Portinariana

Laranjas aguilhoam o dia
aprestos — danças
cores terrosas, rosas

Os meninos do sertão
anunciam a canção
na gravura da paisagem

Ai Xangô, Xangô, menino.

Outros corpos
compõem a cena
em terra vermelha e só

crianças em jogo: jongo (fabulação

    — lento salto —

pula menino
        que é hoje e só).

Restará na sequência
território estirado
(bruta estiagem

: des-água) insistente
e só.

O amor é um tomate vermelho

Certa vez
disseram-me para compor uma história de amor
cuja personagem fosse Diotima de Mantineia
(aquela sábia do *banquete* platônico
para quem o amor não é belo nem é bom).
Sem pretensão, lancei uma hipótese.
O amor é um tomate vermelho
(vermelhíssimo) que se come primeiro
com mãos. Depois, sugamos-lhes o sumo
umami (língua volição) sem educação alguma.
Para Diotima, o amor é um tomate vermelho
(maduríssimo) ácido, doce amargo, verde veneno
como estar no meio, não precisamente feio.

O tomate, ah, o tomate: um amor em vermelho.

Cinemateca

com Eucanaã Ferraz

Há um tempo demorado e curvo
sob esta página. Sob

esta página, um percurso de estaca
onde resta mais nada. Sob

esta página, um dia duro de pedra
um coração em lascas, uma menina
uma fumaça. Sob

esta página uma mancha estampada.

Herança

Acendo uma vela aos que se foram

uma casa inteira um terreno um corpo
o mesmo coração dobrado em partes iguais
porque herdamos sem direito à recusa
a mesma morte truncada

Acendo uma vela aos que se foram

Memória, som

Escuta-se um som
ao redor (frestas claras
ostras crostas) qualquer sonido
que nos abrigue em conforto
(linguagem antes).

Como navegante
em dispersa viagem
os sons vão, voltam.

Já outros permanecem
para sempre na memória
como o riso calmo de *Anna*
(antes dos 15 anos).

A realidade é um som
— diz Anne Carson —
aqui se pode entrar nela.

Memória, fruta

Amarelo jasmim
pontos pretos em pele fina
um sol um vasilhame cumbuca
um ovalado no chão, como os olhos de Sancha

manhã no domingo: dia de fruta caída

Memória, desenho

o voo esboça no espaço
a palavra saudade

(a u s ê n c i a)

aceno do tempo sem pressa alguma.
um quando sem   fundo.

Fim de ciclo

Do outro lado
reencontro-o (quase
ou de repente feliz)
como na última vez.

Ele me olha
como quem pergunta

— vês o que me tornei
agora?

Era de vidro a cama
ao repouso

Era de seixo o pão
sobre a mesa

Olhamo-nos ambíguos
como se houvesse perdão

— acolhes novamente
o amor?

É tarde demais
choveu por 100 anos
seguidos

: tudo lavou

Étoile filante

Imagem oblíqua
em cenário de campo
objeto aéreo se avista
não como em guerra
embora também exposto

Se insistissem na tarefa
da descrição, nada diria
a não ser a vontade (desejo escuso)
de que nos traga o milagre

Este, no entanto, não há

Retrato do corpo enquanto parte

> *Esta fotografia, tua última, deixei-a na parede, onde a puseras, entre as duas janelas,*
> **Jacques Roubaud**

O que resta
na janela,
         ainda onda
ali
você acena
das conchas,

o medo,
entre quando
e onde,
         lembra, onda?

Uma voz
branda
batendo
nas conchas
        (entende
            o corpo

                              partido agora?)

Quebra corpo,
ainda que parta,
ou parte,
            não aparta, não reparte,

desanda em onda

Outra janela:
corpo a quebrar
as pedras,
            rosto
            a rever
            as ondas,

vermelho chão
            vermelha onda

Sobre as citações diretas

1. Em **Um sonho para Drummond**, cito um verso do poema "Um boi vê os homens", de Carlos Drummond de Andrade, do livro *Claro enigma*.
2. Em **Tauromaquia**, faço uma pequena citação de Michel Leiris, do livro *Espelho da tauromaquia*.
3. Em **Orides**, cito um verso do poema "Rebeca", de Orides Fontela, do livro *Transposição*.
4. Em **Uma ideia de planta**, cito um trecho de Goethe, do livro *A metamorfose das plantas*.
5. Em **Boi morto**, cito um verso da canção "Carcará", de João do Vale e José Cândido.
6. Em **Movimento**, cito alguns versos do poema "Flama", de Orides Fontela, do livro *Alba*.
7. Em **Um corpo desfaz-se em ilha**, estabeleço um contato com poemas de Mônica de Aquino, do livro *Linha, Labirinto*.
8. Em **Hiroshima não se esquece**, cito dois trechos do livro de Marguerite Duras, *Hiroshima meu amor*. Trad. Adriana Lisboa.

9. Em **Memória-som,** cito um trecho do poema XIX: "Do arcaico ao eu veloz", de Anne Carson, do livro *Autobiografia do vermelho.*

Este livro foi composto em Sabon LT Std
e impresso em papel pólen bold 90 g/m²,
em setembro de 2023.